AF462235

LA
VEILLE DU SACRE,

PAR

L'AUTEUR DE *LA VOIX MYSTERIEUSE*

ANCIEN MEMBRE DES ASSEMBLÉES NATIONALES.

LONDRES.
LIBRAIRIE ÉTRANGÈRE DE W. JEFFS.

1853

A SON ÉMINENCE

MONSEIGNEUR LE CARDINAL GOUSSET,

Archevêque de Rheims,

Primat de la Gaule Belgique,

SÉNATEUR.

LA VEILLE DU SACRE.

A S. É. Mgr LE CARDINAL GOUSSET,

par l'Auteur de *la Voix Mystérieuse*,

ANCIEN MEMBRE DES ASSEMBLÉES NATIONALES.

I.

INTRODUCTION.

Monseigneur,

Un pape avait couronné Napoléon le Grand.

Napoléon vivant, l'Église reconnut l'autorité du roi de France.

M. le cardinal de Latil, votre prédécesseur, avait sacré Charles X.

Charles X vivant, l'Église reconnut l'autorité de Louis-Philippe.

Louis-Philippe exilé à son tour, l'Église a béni

dans nos rues les arbres de la liberté, et elle a prié pour la république.

La république anéantie, l'Église a reconnu le pouvoir de Louis Bonaparte.

Les événements que je viens de rappeler prouvent jusqu'à l'évidence que l'Église, en reconnaissant les puissances établies, n'entend infirmer ni les droits des peuples ni ceux des rois. Seule immuable en ce monde changeant, elle ne connaît pas de gouvernement à qui Dieu ait promis, comme à elle, l'éternité. Les restaurations n'ont rien qui l'afflige et les révolutions rien qui l'étonne. Quand une puissance tombe, l'Église, qui l'a reconnue et bénie, ne se baisse pas pour la relever; quand une autre puissance s'établit, l'Église ne lui demande pas ses titres; elle ne lui dit pas : Vous êtes l'Usurpation; elle ne lui dit pas non plus : Vous êtes le Droit. Je vous reconnais, lui dit-elle; vous êtes la Force; vivons en paix pendant votre passage. C'est en ce sens qu'elle a reconnu les gouvernements si divers qui se sont succédé en France depuis un demi-siècle. Force naturelle et douce de la tradition monarchique, force de l'épée, force de l'élection, force des illusions populaires, dès qu'une force s'empare de la société et la maîtrise, l'Église traite avec elle. Mais elle ne tranche point par ces traités les questions de droit politique qui divisent les peuples, et qui sont hors de son domaine ; elle ne fait, au contraire, par là que proclamer notre indépendance et sa neutralité dans nos querelles.

Il y a pourtant une grande différence entre reconnaître un usurpateur et le marquer de l'onction sainte. Quoique la cérémonie du sacre n'ait pas la vertu de changer la nature des pouvoirs terrestres et d'enchaîner les peuples, malgré eux, à des institutions malfaisantes, et l'Eglise aux empereurs bannis, encore ne faut-il pas la profaner. C'est, dans la pensée de l'Église, une cérémonie grave et digne de respect, et qui engage au plus haut degré la responsabilité des évêques qui y participent.

On assure, cependant, que l'homme du 2 décembre sera sacré dans votre cathédrale. On dit que les scrupules qui ont empêché Pie IX de venir à Paris, pour présider à cette cérémonie, ne troublent pas votre sommeil. Cette opinion qu'on a de votre courage vous affligera, j'en suis sûr. Mais que voulez-vous ? Quand on a vu des évêques descendre de la chaire pour s'asseoir dans une Assemblée politique, et là, de concert avec un vieux régicide, avec quelques savants incrédules, deux ou trois marchands égoïstes, des coureurs de brelan, un tas de révolutionnaires déshonorés et cinq ou six gentilshommes dégénérés, voilà tout le

Sénat ! disposer comme ils l'ont fait de la couronne de France, il semble qu'on n'ait plus le droit de s'étonner de rien (1).

Quant à moi, Monseigneur, malgré tout ce que j'ai vu et entendu, je me refuse à croire au sacre de Louis Bonaparte. Je veux, au moins, autant qu'il est en moi, prévenir cette profanation, et c'est dans ce but que je prends la liberté de vous écrire.

(1) *Note de l'Éditeur.* — Il est juste de reconnaître que MM. les Cardinaux n'ont pas demandé à faire partie du sénat et qu'ils n'ont pas été consultés sur le choix des collègues qu'on leur a donnés. Leur présence au sénat n'en est pas moins un fait très-regrettable, qui afflige et inquiète les âmes religieuses. C'est ce que l'auteur de cette lettre a essayé de faire entendre. La vivacité de son langage est proportionnée au respect qu'il a pour la personne et le caractère des prélats, et spécialement de celui auquel il s'adresse. S'il ne connaissait pas les vertus, les lumières, la piété des princes de l'Église, il ne s'étonnerait pas de les voir au Luxembourg ; cela lui semblerait tout naturel.

Il sait aussi que l'immense majorité des évêques s'est abstenue depuis le 2 décembre comme avant de toute manifestation politique. Il est heureux de leur rendre ce public hommage. Bien loin d'accuser tout l'épiscopat de l'erreur sans doute momentanée de quelques-uns de ses membres, il voudrait que Dieu lui donnât la force d'ouvrir les yeux à ceux-ci et de conjurer par là les périls de l'Église.

II.

POSITION DE LA QUESTION.

« Savez-vous si le postulant est digne de gouverner les hommes, et s'il est utile qu'il soit roi? »

Telle est, Monseigneur, la première question que Votre Éminence, assise sur son trône pontifical, adressera aux assistants, le jour où Louis Bonaparte se présentera dans votre métropole, entouré des grands de sa cour, pour y recevoir l'onction royale. *Scitis illum esse dignum, et utilem ad hanc dignitatem* (1)? Belle question et où brille, à mon sens, la sagesse de l'Église. Il ne s'agit pas de savoir, en ce moment, si cet homme, roi ou empereur, a derrière lui quatre cent mille soldats, à sa disposition tous les trésors d'un peuple; s'il peut

(1) Voir le PONTIFICALE ROMANUM. *Pars prima. De Benedictione et coronatione regis.*

intimider, s'il peut séduire ; il ne s'agit pas même de savoir s'il y a, dans la nef, une tourbe brodée et, sur le parvis, une tourbe en guenilles, criant ensemble : Vive Napoléon ! Non, cela, c'est la force. Cela montre que Bonaparte est, en fait, le maître de la journée. Nous le savons ; celui-ci est César et l'Église l'a reconnu. Mais encore une fois, il ne s'agit plus de constater ce fait ; il s'agit de le consacrer d'une manière spéciale et solennelle. Soumise à toutes les puissances du temps, même les plus fugitives, même les plus haïssables, l'Église, dans cette occasion, exerce un acte de juridiction spirituelle. Votre Éminence est sur un trône et Bonaparte à ses pieds. Qu'il soit riche, qu'il soit puissant, peu importe. Cet homme est-il digne de régner? Voilà toute la question. Et cet interrogatoire, remarquez-le bien, n'est pas une vaine formalité. Si l'Église voulait être trompée, elle aurait laissé aux courtisans le soin de patronner leur maître. Mais point ! Elle a, dans sa prévoyance, exigé d'autres garants. Ce sont des évêques, et des plus illustres, *priores episcopi*, qu'elle a chargés de s'enquérir du mérite du postulant et de l'opportunité de la consécration. Devant vous, devant elle, devant l'univers, il faut à Bonaparte deux évêques pour témoins et pour répondants. Et quand vous leur direz : *scitis illum esse dignum?*

ils doivent être en état de répondre, la cônscience tranquille et le visage serein :

« Oui, nous le connaissons ; oui, nous croyons qu'il est digne d'être roi, et que son élévation sera utile à l'Église de Dieu et à la police de ce royaume. »

Et novimus, et credimus eum esse dignum, et utilem ecclesiæ Dei, et ad regimen hujus regni.

D'où il résulte, Monseigneur, qu'il faut, dans l'esprit de l'Église, trois conditions pour autoriser le sacre. Si l'une de ces trois conditions vient à manquer, le sacre ne peut avoir lieu, à moins que les évêques, témoins du postulant, ne profèrent un mensonge. L'enquête est ouverte. J'y apporte mon témoignage.

Le règne de Bonaparte est-il utile à ce royaume ?

Je réponds : Non !

Est-il utile à l'Église de Dieu ?

Je réponds : Non !

Bonaparte est-il digne de régner ?

Sur ma foi d'honnête homme et de chrétien, je réponds : Non !

Examinons l'un après l'autre ces trois points.

III.

PREMIER POINT.

DU GOUVERNEMENT DE CE ROYAUME.

(*Regimen hujus regni.*)

Depuis que Votre Eminence s'occupe avec tant de zèle des affaires d'Etat, moi, laïque, je me mêle e théologie. C'est à regret. Mais quoi! On nous éfend de discuter les matières de notre compéence, les lois que vous nous faites, le budget que ous payons. Nos rôles sont intervertis. La subvenion de l'Opéra, l'appel de nos enfants sous le draeau, cela regarde Vos Eminences; nous, point. e quoi nous occuperons-nous? De l'histoire anienne? Périlleuse ressource, Monseigneur. Et les allusions? D'ailleurs, l'expérience de nos pères nous est désormais inutile. On nous a délivrés des soucis de la liberté. C'est assez pour nous d'avoir ou un coin de terre à défricher ou un métier à faire fructifier ; l'inquiétude de notre esprit doit s'arrêter à la borne de notre champ ; nos droits, s'il nous en reste, expirent au seuil de notre logis. Nous n'avons plus de patrie.

Ce genre d'existence, conforme à la nature des institutions nouvelles, est, par malheur, contraire à la nature de l'homme. Nous tenons de Dieu des facultés généreuses que la loi comprime; nous tenons d'Adam, me voilà déjà en pleine théologie, de bas instincts que la loi encourage.

Enrichis-toi, dit-elle à l'homme ; bois, mange et dors, tu n'as pas autre chose à faire ici-bas. Que t'importent les gémissements de la veuve, les plaintes de l'exilé, les cris de ton voisin que l'on traîne en prison ? Etouffe les battements de ton cœur ; ne songe qu'à toi-même ; oublie l'univers et sois heureux. Voici de l'or, du vin, des femmes ; l'empereur n'a pas tout pris ; de quoi te plaindrais-tu ?

Ainsi parle la loi et elle est obéie. Chacun n'a des yeux que pour soi ; on ne veut pas passer pour rebelle ; on danse, on chante, on s'enivre, on jouit. *Sedit populus manducare et bibere, et surrexerunt ludere* « Ce peuple s'est assis pour manger et pour

« boire et le voilà debout pour jouer (1). » Si le plaisir les abat, le jeu les relève ; le jeu effréné, le jeu insensé ; l'or qui se change en papier, le papier qui se change en or ; les chateaux qu'on gagne et qu'on perd dans une heure. Quel mouvement ! Quelle vie ! Le paresseux quitte son lit, le gourmand s'échappe au milieu du festin, le voluptueux sort du boudoir, l'ouvrier va vendre ses outils, le vieillard déterre ses épargnes, le médecin abandonne le mourant, le mourant marche et le suit. *Et surrexerunt ludere.* Tout se rue à la Bourse.

Ah ! ce n'est pas en homme de parti, c'est en chrétien que je considère ces choses. Homme de parti, je m'en réjouirais peut-être. Je dirais en moi-même : c'est bien ! La monarchie est vengée. Dansez, esclaves ! Jouez, enfants ! Oubliez dans l'ivresse et ce qu'étaient vos pères et ce que vous avez été. La banqueroute est à vos portes, jouez ! La famine et la guerre s'approchent, dansez ! Ainsi dirais-je en moi-même, si je n'étais qu'un homme de parti, et puis, comme tant d'autres, je m'envelopperais dans mon manteau. Mais chrétien, je ne puis, devant un tel spectacle, ni me réjouir ni me taire, et

(1) Texte de l'Écriture sainte, cité par saint Paul dans sa première épître aux Corinthiens.

pendant que Votre Eminence chante des TE DEUM, moi j'entonne un MISERE.

Le gouvernement représentatif avait au moins cet avantage : il arrachait l'homme malgré lui aux distractions grossières et aux égoïstes soucis. Il avait banni des salons la frivolité et la galanterie; il ennoblissait tous les entretiens ; il accoutumait la jeunesse aux graves pensées. Les refrains grivois du XVIIIe siècle, les chants cyniques du temps de l'empire, n'avaient plus d'écho même au cabaret. Le gouvernement d'aujourd'hui, l'épreuve en est faite, produit des effets tout divers. Il ne maintient l'ordre extérieur qu'aux dépens de l'ordre moral. Nul ne saurait résister à l'influence de ces institutions insensées, ni le maître orgueilleux qui les a données, ni la société avilie qui les subit, ni les grands, ni les petits, ni les riches, ni les pauvres. Tout se corrompt. Les freins que Bonaparte a mis à la liberté servent de ressort au libertinage. La France devient un tripot où tout se vend, où tout s'achète, les emplois, les dignités, les faveurs, la justice, l'épée du soldat, la plume de l'écrivain, la voix de l'orateur, le nom du gentilhomme. On n'en rougit plus. Pour trente mille francs, M. de La Roche-Jacquelein donne la main à M. Thibeaudeau, M. de Mouchy à M. Lebeuf, M. de Beauffremont à M. Barthe. Pour viugt-cinq mille francs,

M. Persil entre au Conseil d'Etat, le jour même où l'on y dépouille la veuve et les fils de son ancien maître, et cet homme austère qui, en 1830, sans égard à l'article 14 de la Charte, sans respect pour la vertu, sans pitié pour le malheur, poussait à l'échafaud les ministres de Charles X, il va, pour vingt-cinq mille francs, baiser les mains impures de M. St. Arnaud. Mme Demidoff trouve des dames d'honneur. Il y a des Mortemart au sénat, en attendant qu'il y ait une Montespan à la cour. On va à Compiègne comme on va à la foire, et les mè-
es y conduisent leurs filles.

Je n'ai montré à Votre Eminence qu'un coin du ableau; mais j'en ai montré assez pour lui faire econnaître l'état de ce royaume tel que Bonaparte 'a réglé. Pour moi, je me croirais indigne du bap-
ême, si je défendais un tel régime. J'accuserais de lasphème celui qui me dirait que c'est là le régime ui plaît à l'Eglise, et qu'il se trouvera, au jour du acre, un évêque pour l'attester.

IV.

SECOND POINT.

DE LA DIGNITÉ DU POSTULANT.

(*Et novimus eum esse dignum.*)

Et cependant, combien d'évêques, sans compter Votre Éminence, ne nous ont-ils pas déjà dit : Bonaparte a sauvé la France ; il a sauvé la religion ; il est l'élu de Dieu et l'instrument de ses miracles !

Il faut donc, encore sur ce point, détromper les évêques. Puissé-je mettre dans mes paroles autant de simplicité et de clarté qu'il y en a dans les choses !

Il y a, Monseigneur, dans nos annales deux faits

immortels. Le premier touche presque au berceau de la Gaule chrétienne. Un jour, un grand cri, parti du Danube, fit frissonner le monde. Attila marchait sur Rome. Les habitants des villes et des campagnes fuyaient devant lui sans songer même à se défendre. Le despotisme les avait tellement énervés qu'ils ne savaient plus ni combattre ni mourir. Qui sauva cette société défaillante? Qui arrêta, sous les murs de Paris, le flot envahissant des barbares? Geneviève, une jeune fille que l'Eglise honore comme une sainte.

Mille ans plus tard, épuisée par deux siècles de guerres, la France allait devenir une province anlaise. La noblesse était décimée, la bourgeoisie uinée, et le royaume presque entièrement occupé ar l'étranger. Une bergère se lève; le peuple la uit; le roi de France rentre dans Paris et la patrie st sauvée.

Ainsi, Monseigneur, c'est quand tout est déseséré que Dieu entre en scène. Il se rend visible, uand l'homme, à bout de ressources, tombe à enoux. Une vierge, une fille des champs, voilà es instruments. L'innocence est le signe dont il ıarque ses envoyés et c'est dans leur faiblesse u'il fait éclater la puissance.

Au 2 décembre, rien de pareil. Tous les pouvoirs ublics étaient debout. Les magistrats rendaient la justice. A côté d'une armée de fonctionnaires courageux, on l'a vu, jusqu'à l'audace, quatre cent mille soldats bien disciplinés, résolus, intrépides, formés, c'est tout dire, par les généraux Changarnier, Lamoricière et Bedeau. Une nation vaillante et tellement amie de l'ordre qu'elle donne, au scrutin secret, huit millions de voix au despotisme. Toute l'Europe en paix. Où donc était le danger, ce danger extrême qui frappe d'impuissance les lois, les juges, la raison humaine, le courage, la vertu, l'honnêteté, toutes les forces sociales, et appelle l'intervention du Dieu caché?

En vérité, Monseigneur, ce danger-là n'existait pas.

Quant à cet homme que l'on appelle un Sauveur, si, par hasard, un soir, il se présentait à vous au tribunal de la pénitence, et vous disait :

Mon père, je m'accuse d'avoir trahi un serment, un serment librement prêté devant Dieu et devant les hommes :

Mon père, je m'accuse d'avoir violé les lois de mon pays que j'avais juré de défendre ;

Mon père, je m'accuse d'avoir, à prix d'argent, détourné les soldats de leur devoir ;

Mon père, je m'accuse de les avoir enivrés, pour leur ôter la conscience du mal qu'ils allaient faire ;

Mon père, je m'accuse d'avoir payé des calomniateurs et des assassins;

Mon père, je m'accuse d'avoir corrompu des magistrats;

Mon père, je m'accuse d'avoir soudoyé le crime et persécuté l'innocence;

Mon père, je m'accuse d'avoir pris le bien d'autrui;

Mon père, je m'accuse d'avoir vieilli dans la débauche;

Mon père, je m'accuse d'avoir donné aux peules les plus détestables exemples;

Mon père, je m'accuse d'avoir blasphémé, en ppelant justice ce qui n'était que violence, piété e qui n'était qu'hypocrisie, loi ce qui n'était que aprice, dévouement ce qui n'était que convoiise;

J'ai menti, j'ai volé, j'ai tué, j'ai calomnié, j'ai onspiré, j'ai trahi, j'ai scandalisé l'univers; tout e que j'ai fait pour m'emparer du trône, je le erai pour le conserver. J'entends jouir en paix du ruit de mes mensonges, de mes rapines, de mes iolences et de mes trahisons. Mais donnez-moi 'absolution, mon père, afin que je puisse être sacré oi par l'Église (1).

(1) Il faut en effet, que le Prince qui doit être sacré se prépare

Ah! si cet homme, agenouillé dans le confessionnal, déroulait ainsi, devant Votre Eminence, sa vie scandaleuse et impénitente; j'en suis sûr : en ce lieu, prêtre de Jésus-Christ, pénétré des devoirs de votre ministère, animé des grâces que Dieu répand sur les distributeurs de sa justice, votre main se sécherait plutôt que de l'absoudre. De grâce, Monseigneur, ne me dites pas non. Quelles que soient vos opinions comme citoyen français sur l'utilité des changements opérés dans l'État, vous n'êtes plus dans le confessionnal un citoyen français libre de ses opinions en matière politique. Là, vous n'avez plus le droit d'être absolutiste ou libéral, partisan du droit antique ou des fantaisies populaires. Vous êtes prêtre et voici un pécheur qui vous rend compte de son abominable vie. Songez que ce n'est pas à vous, Monsieur le Sénateur, que le coupable s'adresse; il s'adresse à vous, ministre du Dieu mort pour la vérité et la justice. Allons! dictez-lui son arrêt. La loi est là : Tu ne prendras pas le nom du Seigneur en vain; tu ne porteras pas de faux témoignage; tu ne déroberas point; tu ne commettras point d'adultère;

à cette cérémonie par le jeûne et la confession, et qu'il soit assez pur pour pouvoir s'approcher de la Table Sainte. (Voir le *Pontificale romanum.*)

tu ne convoiteras pas le bien d'autrui ; tu ne tueras point. Voilà la loi. Elle est simple et à la portée de tous ; il n'y a pas deux manières de l'interpréter ; n'y a aucun moyen de l'éluder. S'il était possible 'imaginer une hypothèse où le parjure, la rapine t l'assassinat fussent légitimes, la loi de Dieu perrait à l'instant même sa radieuse autorité. Heueusement cela n'est pas possible. L'humanité enière se lèverait contre une doctrine qui tendrait à ıtroduire de telles exceptions dans la morale. La i est faite pour tous les temps, pour toutes les irconstances, pour tous les hommes, pour les rois, our les sujets, pour les présidents de république, our les évêques, pour vous-même, Monseigneur, mme pour moi. Notez, je vous prie, que je n'ai as sondé les ténèbres de la vie de Bonaparte ; je e devais mettre et je n'ai mis sur ses lèvres que la nfession de ses crimes publics, de crimes commis la face du soleil, connus de tous, avérés, patents, 'iants. Pour moins que cela, saint Romuald obligea rséolo à descendre du trône usurpé des doges de enise ; pour moins que cela, un saint évêque Antioche, Babylas, fit fermer les portes de l'éise devant un empereur victorieux. Pour moins e cela, saint Ambroise rejeta l'offrande de Théose et lui refusa l'entrée de sa cathédrale.

Et vous, Monseigneur, que ferez-vous ? Y aura-t-il en France un prêtre pour absoudre ce grand coupable au milieu de son triomphe? Y aura-t-il ensuite deux évêques pour dire qu'il est digne de régner? *Et novimus eum esse dignum.* Y en aura-t-il un autre pour imprimer le sceau mystique sur ces mains tachées du sang innocent, et offrir le calice à ces lèvres parjures (1)?

Un philosophe illustre, souvent et, je le crois, justement censuré par les évêques, M. Cousin, fit un jour dans sa chaire l'apologie du succès. Tout ce qui réussit, disait-il, est légitime. Le succès porte en soi sa raison, sa justice, sa moralité.

Il semble, Monseigneur, que l'auteur de cette théorie avait sa place marquée sur les bancs du Sénat. Il n'eût tenu qu'à lui d'y entrer avec Vos Eminences.

Mais quand il a vu, non plus dans le lointain de l'histoire, mais là, sous ses yeux, ce parjure effronté, ces lois détruites, cette cité sanglante, ces soldats ivres, ces magistrats honteux, ces poltrons en panache, ces athées à l'Eglise, son cœur s'est révolté. Ce philosophe a agi en chrétien, et plutôt que d'applaudir à de certains succès, il a mieux

(1) C'est un des rites du couronnement. Après la communion, le prince se purifie dans le calice qui lui est présenté par le prélat consécrateur.

aimé descendre de sa chaire et renoncer à ses emplois.

Est-ce que les évêques, au lieu d'agir en évêques, vont agir en philosophes? Laisseront-ils à M. Cousin l'honneur de pratiquer leurs leçons, et ont-ils résolu de pratiquer les siennes? Un serment! un parjure! des scandales! des meurtres! ce n'est rien. Bonaparte a-t-il réussi? Voilà le point. S'il a réussi, gloire à lui! s'il est le plus fort, il a raison! Faites sonner les cloches; préparez le trône et l'autel. Peuples, à genoux; voici l'oint du Seigneur!

Ah! nous ne verrons pas cela (A).

(A) Voir à la fin de l'ouvrage la note 1.

V.

TROISIÈME POINT.

L'INTÉRÊT DE L'ÉGLISE.

(*Utilem ecclesiæ Dei.*)

La police a fait taire toutes les voix. Elle censure ou intercepte tous les écrits. La balle du colporteur est soumise à une rigoureuse surveillance. Mais Louis Bonaparte est empereur et sa vie est comme un livre ouvert que la multitude lit avec une ardente curiosité. Les romans les plus immoraux, les théories les plus perverses feraient moins de ravages. Ici, Monseigneur, plus de fiction. Plus de sophismes nuageux. Tout est réel ; tout parle aux sens ; tout est compris. Voici des conspirateurs ıonorés ; voici le parjure en diadème ; voici l'iniuité qui gouverne le monde. Trouvez-moi dans Rousseau une page plus éloquente ; trouvez-moi ans Voltaire un ricanement plus cruel ; dans Dierot, un cri plus sauvage. Cela va à l'esprit de ignorant ; cela fait rêver le pauvre ; cela endurcit sceptique ; cela réjouit le malfaiteur ; cela troue et égare l'homme de bien. Leçon de fourberie, nseil d'improbité, enseignement impie, d'autant us redoutable que personne n'ose l'attaquer de ont, que les institutions, les lois, les magistrats, s sénateurs, les gendarmes, ferment la bouche aux ntradicteurs.

Encore si tout le monde se taisait ! Ce silence iversel aurait peut-être un sens moral. Mais n ! Les malfaiteurs, les intrigants, les libertins, cyniques, tous les gens à pendre ou à vendre vent la voix et s'écrient : O sagesse ! ô vertu ! énérosité ! ô grand homme ! Encore si l'on n'endait cet hosannah que dans ces bouches avilies, a serait peut-être utile. Mais quand on voit des sonnages revêtus de votre caractère célébrer à r tour cette déplorable victoire de la mauvaise et de la trahison, alors, Monseigneur, la coupe pleine et le scandale déborde.

otre Eminence se couvrirait de cendres et fuit au désert, si elle savait comment la multitude, en allant au dernier scrutin, traduisait certaines harangues et certaines lettres pastorales.

Notre curé nous a trompés, disaient ces pauvres gens. Les cardinaux s'y connaissent mieux que lui. Il n'y a pas de Dieu qui ordonne d'obéir aux lois établies et aux promesses données. Il n'y a pas de Dieu qui punisse la fraude. On ne nous mènera plus comme des enfants. Heureux les conspirateurs ! gloire aux menteurs ! bénis soient les hommes de sang et de rapine ! Et, après eux, vivent les flatteurs ! vivent les valets ! Le monde leur appartient. Tous leurs jours sont des dimanches. Qui nous parle de justice ? Messieurs les juges, il n'y a pas de justice. L'autre monde ? C'est un rêve. L'enfer ? Il est ici-bas. Il est pour les faibles, pour les vaincus, pour les innocents, pour les scrupuleux, pour les niais. Le paradis ? M. Fould en a les clefs. Vive l'empereur ! gloire au sénat ! MM. les cardinaux, grand merci ! Vous nous avez tirés du chemin d'épines.

Et dans toutes les villes, dans tous les carrefours, sur tous les grands chemins, dans les plaines, dans les vallées, tout ce qu'il y a d'impur sortait de la fange, et criait : vive l'empereur !

Vive l'empereur ! A quoi sert-il d'être honnête ? Une fausse clef est sitôt faite ! Un reverbère est sitôt brisé ! Les braves gens dorment si bien !

Vive l'empereur! ma femme m'ennuie et les illes d'opéra ont de si beaux yeux!

Vive l'empereur! Mon frère m'a confié ses épar-;nes; mais il n'y a pas de témoins et pas de preu-es. Et quand il y en aurait!...

Vive l'empereur! Je vendrai le pain à faux poids. faut que je dote ma fille.

Vive l'empereur! Ma maison est assurée; j'y ettrai le feu pour en avoir une plus belle; ce sera on 2 décembre, à moi.

Vive l'empereur, c'est le cri de la paresse gour-ande, de la luxure inquiète, de la haine, de la pidité, de l'envie, de tous les appétits charnels, toutes les passions immondes; c'est le cri de gnorance présomptueuse; c'est le cri de la peur; est le cri de l'indifférence religieuse; c'est l'hymne iomphal de la sottise et l'impiété.

En quoi donc le règne de Bonaparte peut-il être ile à l'Eglise de Dieu (B)?

(B) Voyez la note 2 à la fin de l'ouvrage.

VI.

CONCLUSION.

J'ai rappelé à Votre Éminence les conditions que met l'Église au couronnement des princes : dignité de la personne; utilité de l'État; utilité de la religion.

Pas une de ces conditions n'est réalisée sous l'empire. Il n'est pas nécessaire d'être un grand clerc pour le voir.

Qu'est-ce que l'Empire? Un gouvernement corrupteur aux mains d'un homme corrompu.

Louis Bonaparte ne peut donc être sacré.

Il ne le sera pas. Assez de fautes ont été commises. Les illusions des premiers jours n'auraient désormais plus d'excuse. Le sénat est une école où l'on apprend bien des choses que l'on ignorait en province. Il me semble, Monseigneur, que l'intruction de Vos Eminences doit être complète. uittez, vous ferez bien, la scène politique. Vos mières sont inutiles dans ce sénat impuissant; os vertus y sont déplacées. Votre puissance est ute dans la prière. Ah! si vous aimez la France, iez pour elle; elle ne fut jamais dans un plus and abaissement; elle n'a jamais dormi plus près l'abîme. Priez aussi pour Louis Bonaparte, us le devez; l'Eglise prie pour tous, pour les ns et pour les méchants. Elle a prié pour Tibère; le a donné un plus bel exemple : elle priait pour i et ne le flattait point. Priez donc pour Boparte; nul n'en sera scandalisé. Mais pas de cre!

Si vous cherchez un prince qui soit, en effet, commandable par la dignité de sa vie, détourz les yeux des Tuileries; regardez vers la terre xil.

Si vous cherchez un prince qui puisse donner à France les garanties d'une paix durable, l'alnce des grands Etats, le respect du monde; un nce qui rende aux proscrits une patrie; aux ciens, ces droits sacrés dont la privation fait de patrie elle-même une terre étrangère, le droit de cuter l'impôt, le droit de se plaindre des abus et signaler les injustices, ah! si vous cherchez un nce qui puisse nous restituer tous ces biens, ne regardez pas aux Tuileries ; tournez les yeux ver la terre d'exil.

Enfin, si, dans l'intérêt de la religion, vou cherchez dans un prince la foi de saint Louis l'amour de la justice, une tendre commisératio pour tout ce qui souffre et gémit, la connaissanc des besoins du temps jointe au respect des principe éternels, tournez vos yeux et votre cœur vers l terre d'exil.

Soustrait, dès le berceau, à nos discordes, Hem de Bourbon a été, pour ainsi dire, mis à part pa la Providence pour devenir un jour l'instrument e le gage de la réconciliation. Quelle est la voix qu s'élèvera contre lui ? Quel parti a-t-il offensé ? Que honnête homme a-t-il contristé ? Il ne conspire pas il ne marchande pas les épées vénales ; il ne tent pas l'ignorance par des promesses coupables. Il at tend l'heure de la France. Qu'elle fasse un signe il est là. Qu'elle pousse un soupir, du fond de so exil il l'entendra, et il paraîtra entouré de tous le fils de France, le comte de Paris et le Duc de Ne mours à sa droite, le Prince de Joinville et le Du d'Aumale à la gauche, et avec eux tous les vert rejetons de Henri IV.

Ah ! que ce jour se lève, et Votre Eminenc verra alors des fêtes qui lui rappelleront celles qu ont réjoui sa jeunesse, après la chute du premie

Napoléon; des fêtes plus belles et plus pures, parce que, s'il plaît à Dieu, notre affranchissement sera notre ouvrage.

Vous pourrez, ce jour-là, préparer l'huile sainte et allumer les cierges sur l'autel.

Quant à Louis Bonaparte, s'il veut être sacré, qu'il évoque de sa tombe le cardinal Dubois; ou bien, qu'il fasse mieux : qu'il s'adresse à l'abbé Châtel. C'est cette contrefaçon d'évêque qu'il faut à cette contrefaçon d'empereur.

NOTES.

(*Note* A.)

L'AUTEUR ET SON CURÉ.

Avant de livrer à l'impression la lettre qu'on vient de lire, j'en communiquai le manuscrit au curé de ma paroisse, ancien professeur de théologie au séminaire de.... L'auteur de cet ouvrage, lui dis-je, désire rester inconnu; mais ce n'est pas pour mal faire qu'il cherche l'obscurité. Il brûlerait ces feuilles et la main qui les a écrites, plutôt que de s'exposer à faire trébucher la plus faible des créatures humaines dans le chemin du devoir. C'est pourquoi, Monsieur le Curé, l'auteur vous prie de lire avec soin cet opuscule et de m'en dire votre avis.

La semaine suivante, j'allai voir le curé et lui demandai, non sans quelque inquiétude, ce qu'il pensait du manuscrit que j'avais soumis à sa censure.

— J'ai trouvé dans ce petit écrit, répondit le curé, quantité de choses justes; oui, très-justes, ajouta-t-il, et qu'il est temps de publier sur les toits, puisqu'on n'a pas voulu les entendre de la bouche de ceux qui les murmuraient à l'oreille.

Ce préambule me fit plaisir; mais, craignant que le bon curé n'eût pas assez approfondi sa lecture, je résolus d'appeler son attention sur les parties les plus scabreuses de mon ouvrage. Dans ce dessein, je me fis ce qu'on appelle à Rome l'*avocat du Diable* : — Je m'étonne, dis-je au curé, que vous puissiez approuver un pamphlet tout rempli de diffamations contre le chef de l'État.

— Y a-t-il des calomnies dans cette lettre? repartit le curé avec vivacité. Y avez-vous trouvé des indiscrétions sur la vie privée des particuliers? Non! Votre auteur ne dit rien qui ne se soit passé en plein jour et que presque tout le monde ne sache.

— J'en conviens, répondis-je; mais s'il y a des gens qui ignorent ces choses, pourquoi les leur apprendre? Et s'il y en a qui les oublient, pourquoi les leur rappeler?

— Pourquoi? Et c'est vous qui me faites cette question! Pourquoi? Parce que tout le monde a intérêt à connaître l'histoire. Tant pis pour ceux à qui elle fait peur!

— Mais, dis-je, décrier, de son vivant, le chef de l'État!

— Ce sont ses actions qui le décrient, répliqua le curé; ce n'est pas votre ami. Si, par hasard, il a des inquiétudes là-dessus, qu'il se rassure. Il n'a pas même commis, en ce point, un péché véniel. Cela vous étonne? Tenez, mon cher ami; voyez-vous dans ma bibliothèque ces deux gros volumes à couverture bleue?

Je m'approchai de la bibliothèque et je lus, sur le dos des volumes que le curé m'indiquait du doigt, le titre suivant :

THÉOLOGIE MORALE,

à l'usage

DES CURÉS ET DES CONFESSEURS,

par

Monseigneur Gousset, archevêque de Rheims.

— Donnez-moi ces volumes, me dit le curé. Si vous ne m'en croyez pas, vous vous en rapporterez sans doute à S. E. Mgr. le Cardinal archevêque de Rheims. Voici, ajouta le curé en feuilletant le premier tome, voici ce que dit ce profond casuiste au chapitre *de la Détraction* : « Il y a médisance, lorsqu'on révèle « les fautes ou les défauts *cachés* du prochain, car *celui-là n'est « point coupable de médisance, qui parle des vices ou des » désordres de quelqu'un à des personnes qui les connaissent, « ou qui en parle dans un endroit où ils sont publics.* » Vous voyez, Monsieur, dit le curé, vous voyez que M. le Cardinal permet qu'on dise que Bonaparte a conspiré contre les lois, acheté des généraux et tué de sa main un soldat fidèle à son devoir. Il y a, à cet égard, ce que nous appelons une *notoriété de droit.* « Quand un crime, dit Son Éminence article 1072, est public « de notoriété de droit, ce qui a lieu lorsqu'il est constaté par la « sentence du juge, on ne pècherait certainement point contre la « justice en le faisant connaître dans un lieu où il est ignoré. » Est-ce que la plupart des crimes que l'auteur de cette lettre reproche à Bonaparte ne sont pas inscrits au greffe de la Cour des Pairs et sur les registres de la Haute-Cour? Et vous ne voulez pas qu'on en parle? Monseigneur Gousset le permet ; bien plus : il le conseille en termes formels. Écoutez : « *Le coupable qui est « juridiquement condamné perd, à cet égard, tout droit à sa « réputation ;* LE BIEN PUBLIC MÊME DEMANDE QUE SA CON- « DAMNATION SOIT CONNUE, *afin qu'elle serve d'exemple et « de frein* AUX MALFAITEURS. »

— Mais, dis-je au curé, il y a des crimes mentionnés dans cet écrit qui n'ont pas été judiciairement constatés. L'auteur aurait dû, au moins, se taire sur ceux-là.

— Point du tout. Il a, de l'avis même de M. le Cardinal, très-bien fait de les rappeler. Que dit notre judicieux canoniste? « Si le crime est public ou notoire, *de notoriété de fait seule- « ment,* ce qui arrive lorsqu'il est connu d'un si grand nombre « de personnes qu'il est moralement impossible qu'il ne par- « vienne bientôt à la connaissance du public, on peut encore en

« parler sans blesser la justice et la charité dans le lieu où il est « déjà connu. On ne pèche point non plus en en parlant dans « des endroits voisins où il est ignoré, mais où il doit bientôt « devenir public... S'il s'agissait, ajoute notre docteur, *de cer-* « *tains crimes qui rendent un homme dangereux, nous pen-* « *sons qu'on pourrait les faire connaître et* SIGNALER CEUX « QUI EN SERAIENT LES AUTEURS, même dans les endroits « éloignés où ils ne seraient nullement connus, *pourvu qu'on* « *ne le fît qu'en vue du bien public.* »

— Voilà, m'écriai-je avec une feinte indignation, une doctrine commode pour les mauvaises langues.

— Voilà, repartit le bon prêtre, un hommage rendu à la conscience humaine, qui a soif de vérité et de justice. Voilà un frein à la méchanceté. Il faut que les conspirateurs, les parjures, les concussionnaires soient bien avertis qu'il n'y a pas ici-bas de refuge où ils puissent dormir tranquilles, que tout témoin de leurs crimes a le droit d'élever la voix et de porter témoignage contre eux, fussent-ils assis sur un trône; que c'est honorer Dieu, et non l'offenser, que de les livrer à la méfiance et au mépris de gens de bien. Telle est, Monsieur, notre doctrine, fort bien exprimée, vous l'avez vu, par M. le cardinal Gousset.

— Ainsi, mon cher pasteur, vous croyez qu'on peut, en sécurité de conscience, traiter l'empereur de larron, d'hypocrite, de meurtrier.

— Oui, dit le curé, et c'est le plus grand des malheurs qui uissent arriver à un peuple, que le chef auquel il est soumis it mérité d'être traité de la sorte. Je me trompe, ajouta viveent le curé; il y aurait un plus grand malheur, ce serait de oir ce peuple supporter sans rougeur une telle domination. oulez-vous que je vous montre, dans la *Théologie morale*, la éfinition de la *rapine*, et celle de l'*hypocrisie*, et celle de '*homicide?* Vous verrez si Bonaparte, quelque détour qu'il renne, peut échapper à la justice du clairvoyant prélat. Et ependant, Monsieur, tous ces crimes s'effacent devant un plus rand, le parjure.

— Ah ! pour le coup, Monsieur le Curé, voilà de l'exagération. Faut-il faire tant de bruit pour un serment politique?

Le curé, pour toute réponse, ouvrit la *Théologie morale* et lut à haute voix l'article suivant : « *Art.* 463. Nous ne reconnais- « sons point la distinction entre le serment *religieux* et le ser- « ment *politique*. Le serment par lequel on promet fidélité à un « roi, *aux institutions du pays*, EST UN ACTE RELIGIEUX, et « lie la conscience comme tout autre serment. »

— Quoi ! dis-je, c'est M. l'archevêque de Rheims qui a écrit cela ?

— Lui-même, dit le curé, les yeux toujours fixés sur ce livre terrible. Lui-même, et il ajoute, *art.* 471 : « Celui qui affirme « par serment comme vrai ce qu'il croit faux, *ou comme sincère* « *une promesse qu'il n'a pas l'intention d'accomplir*, se rend « coupable de parjure, d'un péché mortel *qui n'admet pas de* « *légèreté de matière. C'est un outrage envers Dieu que de* « *l'appeler en témoignage en faveur du mensonge, comme s'il* « *ne connaissait pas la vérité, ou s'il pouvait être corrompu* « *pour servir de faux témoin.* »

— Pourquoi, dis-je, l'Assemblée constituante a-t-elle exigé ce serment? C'est elle qui doit porter le péché. Puisqu'elle se méfiait de la loyauté de Bonaparte, elle a eu tort de l'induire en tentation.

— *Art.* 474, dit le curé. « Est-il permis de demander le ser- « ment à une personne, quand on sait ou qu'on soupçonne avec « fondement qu'elle jurera contre la vérité? Cela est permis, « lorsqu'on a quelque raison légitime de recourir à ce moyen. »

— On est donc obligé d'exécuter toutes les promesses qu'on a faites avec serment?

— Oui, nous dit Monseigneur Gousset à l'art. 476, « lorsque « les choses qu'on a promises sont moralement possibles, justes « honnêtes, raisonnables? » Or, quoi de plus juste, de plus honnête et de plus raisonnable, que d'exécuter les lois de son pays? « Les lois civiles, dit Monseigneur Gousset, *art.* 136, obligent « en conscience. » Elles obligent tout le monde, surtout les magistrats, comme le dit fort bien notre casuiste, *art.* 605 : « Plus on est élevé, plus les obligations sont grandes... le pou- « voir... n'est point une propriété, un domaine privé; c'est un « dépôt sacré dont il n'est pas permis de jouir pour soi-même... » Et, entrant plus avant dans cette pensée, Monseigneur Gousset ajoute, *art.* 606 : « Les magistrats pèchent, et leur péché est « mortel en matière grave, *s'ils sont infidèles aux devoirs de « leur charge; s'ils ne font pas observer les lois de l'État...* » C'était donc, de l'avis du cardinal, une chose *raisonnable, honnête et juste* que Bonaparte avait promise.

— Monseigneur Gousset écrivait son livre sous la monarchie, il n'eût peut-être pas parlé ainsi sous la république.

— Vous vous trompez; car il dit expressément à l'art. 140 : « *Quelle que soit la forme du gouvernement*, les lois portées « et publiées conformément aux constitutions de l'État, » (et, à plus forte raison, ces constitutions elles-mêmes) « si, d'ailleurs, « elles ne sont point contraires à la justice, ou à la religion; « obligent... »

— Si, cependant la Constitution de 1848 était inexécutable : Tous les publicistes de l'Élysée nous l'ont affirmé dès le premier jour; Bonaparte nous a dit lui-même qu'il avait toujours pensé que l'Empire était la seule institution qu'il fût possible d'établir en France.

— Voici, art. 476, § 2, la réponse de M. Gousset : « Celui qui « promet, etc... son péché est encore mortel, s'il jure de faire « une chose qu'il croit impossible. Il en est de même s'il doute « qu'il pourra ou ne pourra pas faire ce qu'il promet. » Vous le voyez, monsieur; en quelque lieu que Bonaparte s'abrite, notre théologien le découvre et l'appelle par son nom : parjure, qu'as-tu fait des lois de ton pays? parjure, à quelle œuvre as-tu employé notre vaillante armée?

— Peut-être, Monsieur le Curé, que Bonaparte n'a juré que du bout des lèvres, et que son cœur n'est point complice du parjure, n'étant point complice du serment.

— Je ne sais, répondit le Curé, ce que pense à cet égard M. le sénateur Gousset; mais voici l'opinion du cardinal Gousset : Art. 478. « Celui qui jure extérieurement de faire une chose, ou « sans intention de jurer, ou sans intention de s'obliger, pèche « certainement, et peut être tenu, sous peine de péché mortel, à « faire ce qu'il a promis, *soit à raison du scandale qui s'en-* « *suivrait de l'inexécution de cette promesse*, soit à raison du « tort ou du dommage qui en résulterait pour celui qui a été « induit en erreur. »

— Alors, M. le Curé, la charité nous invite à supposer que Bonaparte se sera fait délier de son serment par M. l'archevêque de Paris.

— Impossible, Monsieur; voici le texte de l'art. 497 : « Quand « il s'agit d'une promesse confirmée par serment au profit d'un « tiers, si elle a été acceptée par celui à qui elle a été faite, *ni* « *l'évêque ni le pape ne peuvent en dispenser.* »

— Je m'assure, M. le Curé, que, si vous cherchez bien, vous trouverez dans ce gros livre quelque exception en faveur de ceux qui, en violant leur serment, n'ont eu en vue, comme Bonaparte, que l'intérêt de la religion et la gloire de Dieu.

— Non, Monsieur; l'Évangile, les pères, les conciles, les papes, condamnent avec horreur une telle impiété. *Non faciamus mala, ut eveniant bona*, dit saint Paul. Il n'est pas permis à un chrétien de faire le plus petit mal pour obtenir le plus grand bien. « Tout mensonge, » et qu'est-ce que le parjure, sinon un mensonge diabolique, « tout mensonge, dit Monseigneur Gous- « set, art. 1044, étant opposé à la vérité, est mauvais de sa na- « ture. *Il n'est jamais permis...* L'Écriture sainte condamne « absolument toute espèce de mensonge. *Nolli velle mentiri* « *omne mendacium*, dit l'Ecclésiaste. *Non mentiemini, nec* « *decipiet unusquisque proximum suum*, dit le Lévitique. De « là nous concluons, d'après saint Augustin et saint Thomas, que « l'on ne doit jamais mentir, *ni dans l'intérêt de la religion,* « *dont la première base est la vérité ; ni sous prétexte de pro-* « *curer la gloire de Dieu*, QUI NE PEUT ÊTRE GLORIFIÉ QUE « PAR LE TRIOMPHE DE LA VÉRITÉ ; ni pour détourner un pé-

« cheur du crime; ni pour sauver la vie à un innocent, ou pro-« curer le salut à une âme qui est en danger. » Telle est la doctrine de M. Gousset et de tous nos évêques. C'est celle qu'on enseigne dans tous nos séminaires; c'est la seule que nous suivions au tribunal de la pénitence. Mentir pour la gloire de Dieu, quel blasphème! Dire qu'on a manqué à un serment dans l'intérêt de la religion, mais c'est faire à la religion le plus sanglant des outrages. C'est donner à entendre que la religion du Christ, que les martyrs ont soutenue et propagée en mourant pour la vérité, a besoin aujourd'hui, pour subsister, du secours de la ruse, comme le paganisme. Grand Dieu! mais la société civile elle-même repose sur la bonne foi des hommes, et une nation qui invoque ou bénit le parjure, a déjà perdu le secret de sa vie. Elle est comme le voyageur qui s'endort à l'ombre du mancenillier. Réveillez-la ou elle est morte. Je remercie, pour mon compte, l'auteur de la lettre que vous m'avez confiée, d'avoir compris ce danger et de l'avoir mis en lumière.

— Savez-vous bien, M. le Curé, que vous tenez là un langage séditieux? Savez-vous que nos tribunaux puniraient sévèrement, et que la police, au défaut des tribunaux, jetterait au cachot ou enverrait à Cayenne quiconque oserait dire, à portée de ses oreilles, que Bonaparte a commis un parjure, qu'il a violé les lois de son pays, qu'il outrage la religion, lorsqu'il prétend l'avoir servie?

— Si les lois actuelles défendent de dire la vérité, ce ne sont pas des lois. « La loi, dit Monseigneur Gousset, art. 109, est un « précepte juste. Une loi injuste n'est pas une loi; *c'est un abus* « *de pouvoir, une tyrannie.* » Ce que vos lois défendent, Dieu le permet. Ce que votre empereur veut empêcher, Dieu le commande. Appeler Bonaparte parjure et larron, c'est rendre témoignage à la vérité, à des vérités de fait, sensibles et palpables. Quiconque ne serait pas prêt à mourir pour soutenir, s'il le fallait, un semblable témoignage, celui-là ne serait pas chrétien.

— Tout ce que vous me dites, M. le Curé, me rassure sur le compte de l'auteur de cette lettre. Je vois avec satisfaction qu'il peut la livrer au public, en toute sûreté de conscience; il me paraît qu'il n'a rien dit que Monseigneur Gousset n'ait d'avance loué et approuvé. Cependant, n'avez-vous pas quelques scrupules sur certains points plus délicats peut-être que ceux que nous avons touchés?

— Sur quoi? dit le Curé en parcourant des yeux le manuscrit, comme pour s'assurer que rien n'avait échappé à son attention.

— Je crains, répondis-je, que l'auteur ne soit allé bien loin, en soutenant, comme il le fait, qu'un bon prêtre doit refuser l'absolution à Bonaparte, si Bonaparte va à confesse à la veille du sacre.

— Votre auteur est dans le vrai. Je vais vous en donner la preuve : « Celui qui n'a rien fait ou qui ne veut rien faire pour « réparer les scandales qu'il a commis, dit Monseigneur Gous-« set, art. 399, *est indigne d'absolution.* » C'est l'hypothèse de votre auteur et elle n'est que trop conforme à la vérité. Monseigneur Gousset s'exprime sur ce sujet d'une façon plus catégorique. Mais c'est au tome II de son ouvrage. Il dit au tome II, art. 532 : — « Il n'est pas permis d'absoudre ceux qu'on juge pru-« demment incapables ou indignes d'absolution. Tels sont, dit « le Rituel romain, ceux qui ne donnent aucun signe de dou-« leur, *qui refusent de déposer les haines et les inimitiés;* ou « *de restituer les biens d'autrui*, lorsqu'ils le peuvent (rends les « biens d'Orléans, marmotta le curé entre ses dents; rends à ces « jeunes princes ces châteaux dont tu as crocheté les portes; — « puis il continua sa lecture :) *ou de quitter une occasion pro-« chaine de péché;* ou de renoncer au péché de toute autre ma-« nière, et *de changer de vie* (descends du trône, usurpateur; « congédie ces hommes et ces enfants corrompus qui forment « ta cour; va-t'en au désert faire pénitence) : tels sont encore « *ceux qui ont donné quelque scandale public, à moins qu'ils « ne fassent cesser ce scandale par quelque satisfaction exem-« plaire...* (Allons, à genoux, à genoux sur la place publique, « pieds nus, la corde au cou, un sac sur la tête; demande par-« don à Dieu et aux hommes des scandales sans nombre que tu

« as donnés à ce malheureux peuple; conviens que tu es un « conspirateur, un menteur, un larron, un blasphémateur, un « libertin, un hypocrite, un parjure. Tu n'as pas d'autre moyen « de réparer, et bien faiblement, le mal que tu as causé. Après « cela, je ne sais ce que feront les hommes; mais Dieu peut-être « te pardonnera). Le cardinal Bellarmin s'élève avec force con- « tre certains ministres plus communs de son temps qu'aujour- « d'hui, qui, oubliant leur caractère, leur dignité et la respon- « sabilité qui pèse sur le confesseur, donnent l'absolution à tous « avec une facilité extrême... St. Thomas de Villeneuve n'est « pas moins énergique contre le relâchement des confesseurs « qui délient sans discernement aucun tous ceux qui se présen- « tent. Les prêtres dont parlent ces docteurs, sont *des prêtres « sans zèle pour la gloire de Dieu, sans zèle pour le salut des « âmes. Ce sont des pasteurs qui égorgent le troupeau de leur « maître.* » J'espère, dit le curé en achevant cette lecture, qu'il ne vous reste plus de doute à cet égard.

— Pas le moindre, mon cher pasteur. Mais ne trouvez-vous pas comme moi que l'auteur de cette lettre est bien téméraire de censurer, comme il se permet de le faire, la conduite des cardinaux et celle des deux ou trois évêques qui ont eu le malheur d'applaudir à la conduite de Bonaparte?

— Je n'oserais trancher cette question, répondit le Curé, si Monseigneur Gousset ne venait à mon aide : Il dit, art. 393 : « Non-seulement nous devons éviter de donner du scandale; « *mais la charité nous fait un devoir de le prévenir et de « l'arrêter dans les autres.* » Il ajoute, art. 604 : « Les supé- « rieurs ecclésiastiques... ont de grandes obligations à remplir « envers les peuples confiés à leur sollicitude. *Les principales « sont :* DE RÉSIDER... d'édifier les fidèles par... *l'amour de « la retraite, la fuite du monde.* » Ce n'est pas au sénat, ce n'est pas à Compiègne, ce n'est pas aux Tuileries, ce n'est pas chez les ministres qu'on accomplit de pareils devoirs, et je ne pense pas que ce soit manquer à la charité que d'en avertir les évêques. Quant aux flatteries prodiguées à Bonaparte par certains prélats, tout le clergé de France en a gémi. J'ai remarqué avec plaisir que Monseigneur Gousset n'est pas de ceux dont les louanges aient fait le plus de bruit. J'aime à penser qu'il s'est souvenu de ce qu'il a dit, dans sa *Théologie morale*, à l'art. 957 : « *Souvent la flatterie est plus mauvaise qu'un mauvais con-* « *seil : de là tant de délits, tant d'injustices, tant d'autres* « *désordres de tout genre.* » Votre auteur, selon moi, n'a rien à effacer dans sa lettre ; il aurait peut-être beaucoup à y ajouter. On voit que c'est un honnête homme qui parle ; mais je soupçonne, entre nous, qu'il n'est pas très-savant. Son discours n'est pas assez nourri de citations des bons auteurs. Jugez, ajouta le digne curé en me rendant le manuscrit, et avec le sourire de satisfaction naïve d'un vieux professeur, jugez quel effet auraient produit sur le public quelques passages de la *Théologie morale* habilement intercalés dans le texte de cette épître. Dites-en un mot à votre ami et qu'il vienne me voir. Ma bibliothèque est à son service.

— Je vous remercie, M. le Curé, dis-je en me retirant. Vous pouvez être certain que les lumières que vous m'avez données ne seront pas entièrement perdues.

(*Note* B.)

Le nom de Bonaparte est le symbole de toutes les passions antisociales. Bonaparte ne l'ignore pas ; un de ses confidents les plus intimes, un de ses complices les plus anciens, M. Fialin de Persigny, aujourd'hui sénateur et ministre de l'intérieur, le disait à deux représentants du peuple, quinze jours environ avant le coup d'État. L'un de ces représentants, qui ne me démentira pas, est l'honorable M. Albert de Resseguier ; l'autre est l'auteur même de cet écrit. M. de Persigny leur disait, pendant le cours d'une séance de l'Assemblée législative, et sur les bancs mêmes de l'Assemblée : « Le *prince* a été élu, au 10 décembre, par une multitude « pauvre ou voisine de la pauvreté; ces gens-là n'ont qu'une « passion, qu'un sentiment, qu'une idée, LA HAINE DES RI-« CHES; ils ont élu le *prince, parce qu'ils ont cru qu'il par-« tageait avec eux cette idée, ce sentiment, cette passion, cette « haine.* Voilà pourquoi ils l'ont nommé. La *Providence,* ajou-« tait M. de Persigny, a permis que le *prince* fût un honnête « homme; il a tendu la main aux riches qui l'ont repoussé; « maintenant, *le sort en est jeté;* l'épée est tirée; le choc « des pouvoirs est inévitable; quand l'heure viendra, *chacun « cherchera son appui où est sa force.* Quant à moi, je ne suis « pas inquiet du résultat. » Ainsi parlait, au mois de novembre 1851, M. de Persigny. Si je me suis trompé, ce n'est pas sur le sens de son discours qui est resté gravé profondément dans ma mémoire. Cette conversation nous frappa tellement que M. A. de Resseguier en rédigea un procès-verbal qui circula sur les bancs de l'Assemblée, et dont l'original, qui porte sa signature et la mienne, est peut-être encore en sa possession.

S'il fallait une autre preuve pour démontrer la funeste influence du gouvernement de Bonaparte sur les mœurs publiques, nous la trouverions dans la statistique du crime. On a purgé les grandes villes de la présence des repris de justice; on déporte les forçats en rupture de ban; on renvoie les vagabonds dans leurs communes et les étrangers suspects dans leur pays. Cependant, malgré toutes ces précautions, les attentats contre les propriétés et contre les personnes se sont à ce point multipliés que les magistrats et les jurés ne suffisent plus à leur tâche. Les journaux judiciaires nous annoncent que nous aurons, à Paris, pendant tout le mois de février et tout le mois de mars, deux sections de cour d'assises en permanence, siégeant simultanément. Quel symptôme rassurant pour l'avenir!

L'auteur de cette brochure a reçu successivement de Monseigneur le comte de Chambord et de Monseigneur le Duc de Nemours, les deux lettres suivantes que nous reproduisons par ordre de date.

Claremont, 7 février 1853.

Monsieur,

J'ai reçu, il y a deux jours, avec la lettre qui les accompagnait, les exemplaires de votre remarquable brochure; c'est le cri d'une conscience honnête et droite transmis par un esprit juste et ferme. Vous vous adressez à un sentiment qui paraît aujourd'hui bien émoussé, et qui est cependant un des plus essentiels, le sens moral. Puisse votre langage être entendu, puissent les excellents vœux par lesquels vous terminez votre ouvrage être un jour exaucés!

En attendant, la manière dont vous traitez votre grave sujet a été jugée ici comme elle le méritait, et la lecture de votre œuvre y a excité une haute satisfaction et un vif intérêt.

Recevez donc tous mes remercîments pour votre envoi, et en même temps croyez, Monsieur, à l'assurance de tous mes sentiments pour vous.

LOUIS D'ORLÉANS.

Venise, 20 février 1853.

Monsieur,

Votre dernière publication m'a vivement intéressé, Monsieur, et je profite avec plaisir d'une occasion qui s'offre à moi pour vous en faire parvenir mes remercîments. Dans ces jours de défaillance où toutes les notions du juste et de l'injuste semblent confondues, honneur à ceux qui, comme vous, éloquents défenseurs de la sainte cause du droit et de la vérité, ont le rare courage de protester contre l'iniquité triomphante en faveur des règles éternelles sur lesquelles repose l'ordre social tout entier. Puissent tous les bons esprits et tous les nobles cœurs sentir, enfin, qu'un prompt et loyal retour à ces grands principes si longtemps méconnus est le seul remède aux maux de la Patrie! puisse le vœu par lequel vous terminez votre remarquable écrit se réaliser bientôt pour le bonheur de la France!

Croyez, Monsieur, à toute mon estime et à mon affection bien sincère.

HENRI.

Bruxelles. — Impr. de J. H. BRIARD, rue aux Laines, 4.